카테리니행
기차

* 이 도서의 국립중앙도서관 출판시도서목록(CIP)은 e-CIP홈페이지(http://www.nl.go.kr/ecip)와
국가자료공동목록시스템(http://www.nl.go.kr/kolisnet)에서 이용하실 수 있습니다.
(CIP제어번호: CIP2013029284)

카테리니행 기차

김승동 시선집

은행나무

차례

어릴 적 우리 학교 앞에는 기찻길이 있었다. 주로 석탄을 가득 실은 화물열차가 하루에도 수십 번씩 오가는 시끄러운 기찻길이었지만 그 길은 동경의 길이었다. 어쩌다가 네모난 창문이 단정하게 달린 여객열차라도 지나가는 날이면 아이들은 손을 흔들고 책가방을 던지고 반가움인지 아쉬움인지 한바탕 북새통을 치기도 했다. 그러다 긴 기적소리와 함께 꽁무니가 보일 듯 말 듯 멀어지면 모두들 마음을 숨기듯 딴청을 부렸다.

그랬다. 기차가 지나가고 나면 내 가슴은 허전했다. 텅 비어 버린 것 같은 상심에 죄 없는 돌부리만 걷어차며 집으로 돌아왔다. 그때마다 어머니는 늘 혼자서 밭에 계셨다.

기차는 떠나기 위해서 존재한다. 이별의 아픔을 사랑으로 남겨놓기도 하고 미지의 세상에 대한 동경의 꿈을 풀어 놓기도 한다. 그러나 맞은편 역에서 보면 기차는 언제나 당도한다. 설렘을 가득 안고 서서히 플랫폼으로 들어선다. 사랑도 그러할 것이다.

　앞서 펴낸 세 권의 시집에 실린 작품 중 인터넷에서 비교적 많이 인용된 시와 신작 십여 편을 곁들여서 묶었다. 아직 시선집을 내기엔 이르다는 점을 부끄러이 생각하며 그저 독자들의 책장에서나마 오래 기억되었으면 한다. 멀리 기적 소리가 들린다.

2014년 1월

김승동

사랑

당신의 가슴을 향해
던지다 던지다
못 다 던진

내 가슴에서 한평생
치우다 치우다
못 다 치운

벚꽃 지는 날에

가끔 눈물이 날 때가 있다
무엇 때문인지 모르겠고
그래서 더 알 수 없는 눈물이
푸른 하늘에 글썽일 때가 있다

살아간다는 것이
바람으로 벽을 세우는 만큼이나
무의미하고
물결은 늘 내 알량한 의지의 바깥으로만
흘러간다는 것을 알 때가 있다

세상이 너무 커서
세상 밖에서 살 때가 있다

기차표를 사듯 날마다
손을 내밀고 거스름돈을 받고
계산을 하고 살아가지만
오늘도 저 큰 세상 안에서
바람처럼 살아가는 사람들 속에
나는 없다

누구를 향한 그리움마저도 없이
텅 빈 오늘
짧은 속눈썹에 어리는 물기는
아마 저 벚나무 아래 쏟아지는
눈부시게 하얀 꽃잎 때문인지도 모르겠다

혼자 걷지 말아야 한다

11월엔
혼자 걷지 말아야 한다
길가의 코스모스가 잎을 다 던졌다고
마음 놓아서는 안 된다
불쑥 불어닥치는 방향도 없는 바람에
은행잎보다 노랗게 물든
지난 스무 살이, 철없이
눈물을 불러낼지도 모르기 때문이다

싸늘한
도시의 하늘에 낮달이 높이 있다면
길 돌아가야 한다
탐스러운 송이로 고개를 쳐든 입국(立菊)처럼
당돌하게 쳐다보다가는

가을이 놓고 간 빛바랜 채무만
속수무책으로 떠안기 십상이다

비록 무겁고 칙칙한 잎새들이
시들한 사랑을 접어 거리에 묻고 있더라도
못 본 체하는 것이다
물빛이나 햇빛이나
부서질 듯 여리기는 마찬가지인데

사랑인들 어찌 온전할 것인가
외투 자락에 묻은 땅거미를 잡으며
와락 달려드는 낯선 바람에 정 주지 않으려면
11월엔
혼자 걷지 말아야 하는 것이다

참 그리운 저녁

차가운 바람이
주머니 속의 빈손을 만지작거리는 날
어깨에 걸린 가을 옷이
더욱 헐렁해지는 저녁입니다

몇 마리의 쥐포와
소주 한 잔이 생각나고
친구의 희끗한 머리칼이
보고 싶습니다

술잔은 나무탁자 위에 있어야 좋겠고
창가에는
김 오르는 국물도 있었으면 좋겠습니다
낮은 천장 아래로 일력이 펄럭이고

헌 라디오의 칙칙거리는 잡음 사이로
간간이 노랫소리 흘렀으면 좋겠습니다

나무젓가락이 떨어진 바닥으로는
태엽 풀린 시계마냥 멎어진
내 젊은 시절의 사랑도
아직
그대로 있었으면 좋겠습니다

손이 시려도 마음보다 따뜻한 바람
벽돌담 밑으로 스며드는
참 그리운 저녁입니다

연인

저 살찐 파도를 못 잡아먹어
으르렁거리는 모래톱

저 하얀 알몸을 덮치지 못해
안달이 난 파도

일촉즉발의 긴장 속에
입 맞추고 서 있는 두 사람

어딘가에서 올지도 모를

누군가가 몹시 보고 싶을 때가 있다
옥빛 하늘에 빠진
바람결처럼
누군가를 지독히도
느끼고 싶을 때가 있다
조금씩 붉어져 가는 잎새나
어쩌다 가을에 홀로 핀
장미같이
부끄러움도 잊고 싶을 때가 있다
어느 날 갑자기 날아든 당혹한 고백을
사랑했었다는, 지금은 끝나버린
과거분사로라도
내 가당찮은 희망을
그려보고 싶을 때가 있다

문 열면 가슴이 저린 날
문 닫은 우체국 소인이 찍힌
투두둑
봉투 뜯는 소리를 듣고 싶을 때가 있다

애련(哀戀)

수상한 게다
저기 올라오는 사람
명성산 억새 수런거리며
몸을 흔든다

손을 잡지 않은 것을 보면
아닌 것 같기도 한데
시린 하늘을 바라보는 눈빛이
어쩨 이상하다

단풍은
아픈 가슴만큼이나 붉고
바람은 놓친 사랑만큼이나
애달프다

휘휘 울어대는 하얀 억새밭에
여린 날갯짓으로 속말을 나누는
저기 저 두 사람, 못할 사랑
하는 것이 틀림없다

허허

그리운가
잊어버리게, 여름날
서쪽 하늘에 잠시 왔다 가는 무지개인 것을
그 고운 빛깔에 눈멀어 상심한 이
지천인 것을

미움 말인가
따뜻한 눈길로 안아주게
어차피 누가 가져가도 다 가져갈 사랑
좀 나눠주면 어떤가

그렇게 아쉬운가
놓아버리게
붙들고 있으면 하나일 뿐

놓고 나면 전부 그대 것이 아닌가

세상의 그립고 밉고 아쉬운 것들
그게 다 무엇인가
사랑채에 달빛 드는 날
묵 한 접시에
막걸리 한 사발이면 그만인 것을

늦봄에

보문사 석실 앞마당에 오래된 향나무 한 그루 서 있다. 그 붉고 찰진 속살은 다 내어준 채 꺼칠한 모습으로 가부좌를 틀고 앉은 것을 보면 뿌리는 저만치 대웅전 밑에 두고 있는 것 같기도 한데 이따금 바닷바람이 헉헉거리며 올라와 방금 말린 소금기를 가슴에 대면 둥둥거리는 설렘이 일어나 좌정을 못하는 것을 보니 범종각 쪽에 뿌리를 튼 것 같기도 하고 또 속절없는 세상 사람들이 꾹꾹 우겨 넣어준 시멘트 속살에 숨이 막히는지 산 벚나무 가지를 물고 바람이 내려와도 향을 내지 못하는 것을 보면 목탁 소리에 향불 오르는 석실 쪽인 것 같기도 하다. 세월이 지나도 머리가 파랗기만 한 보문사 향나무 앞에 서서 하루 종일 뿌리를 찾다가 오동나무 꽃잎 지는 소리만 듣고 내려왔다.

내가 되고 싶은 것

나는 바람이고 싶습니다

이른 새벽 먼동이 트는 소리에
살며시 당신의 아침 창을 여는
맑은 바람이고 싶습니다
감잎에 반짝이는 명주 빛 햇살을 따라 들어와
당신의 키 낮은 화장대에 앉아
고운 눈썹을 그리는 예쁜 바람이고 싶습니다.
즐거운 외출 길에 함께 나와
당신의 허리를 머리칼을 스커트 자락을 살짝 건드려보는
짓궂은 바람이고도 싶습니다
그러다가 당신이 짜증이라도 부리면
그만 가슴이 철렁 내려앉는
슬픈 바람이고 싶습니다

커피 향이 짙은 창가

당신이 잠시 혼자 있는 틈에

하늘로 가 있는 당신의 눈길에 아스라이 파묻히는

그리운 바람이고 싶습니다

당신이 좋아하는 땅거미가 밀려오고

정거장의 불빛이 조금씩 주홍색으로 물드는 저녁

당신의 식탁에 모락모락 피어오르는

참 맛깔스러운 바람이고 싶습니다

단정한 어둠이 눈부신 밤

당신의 부드러운 살결 위에 남아

하루 종일 당신의 생각들을 차곡차곡 정리하고 나서

당신의 그 봉긋한 가슴 속으로 스며드는

꿈결 같은 바람이고 싶습니다

언제나 당신 안에서만 부는

소래포구

　바다가 보고 싶다 했다 긴 수평선은 단정히 흰 구름과 가슴을 맞
대고 있을 것이라 했다 몇 마리 갈매기가 한가로이 생업에 종사하
고 날개 속엔 돛배의 출렁임도 있을 것이라 했다 부서지는 흰 물살
엔 이따금씩 유쾌한 아픔이 묻어나고 태생이 아름다운 바다는 무척
착할 것이라 했다

　지금은 녹이 슨 협궤를 따라
　달음질쳐 나간 곳에
　바다는 꼬리를 감추고 있었다

　배가 갈라진 물길은
　폐선에 끊어진 닻에 타이어에
　뒤숭숭한 갯내음을 뿌린 채
　잔뜩 웅크리고 있었다

비릿한 담배 연기도
갯벌에 내려앉고
지친 소주잔도 썰물에 뜬다
목숨을 다한 삶의 찌꺼기들이
메케한 포구를 메우며
바다로 가는 길을 닫고 있었다

촘촘히 박힌 침목에 생각이 비늘로 와 멈추고 별보다 더 큰 바다
는 어디 있는지 찢어진 그물이 울타리를 치고 있다 소금기 배인 소
매 끝 사이로 떨쳐버릴 수 없는 빈 가슴, 그리움, 서녘 하늘 붉은 해
가 목메인 듯 빗금 지며 빠져내리기 시작하자 그제야 바다가 넘쳐
들어오기 시작했다

그리움 쪽 사람들

동지섣달 캄캄한 밤이 창호지에 붙잡힌 날, 꺼이꺼이 눈이 내렸다. 옹기종기 마당가 작은 항아리들을 소복소복 덮고 나더니 밭둑과 고샅길의 경계를 허물며 펑펑 쏟아지는 눈발은 그칠 줄 모르고 기어이 건너 마을과 천방 둑과 논바닥을 하나로 만들었다. 오가는 길이 없다.

어찌할꼬. 연신 문살에 붙은 종지만 한 민경을 호호 불며 숨어버린 길을 찾지만 무심한 하늘은 아는지 모르는지 훨훨 마음껏 춤을 추며 납작한 산골마을 지붕들의 키만 키워주고 있었다.

구름 뒤에 숨은 달이 간혹 한 꺼풀씩 어둠을 치우며 세상을 눈 색으로 밝혀주기도 하지만 심술궂던 바람마저 푹푹 빠져 지나다닐 길이 없는지 잠잠하기만 하다. 오늘은 누가 올 텐데, 대낮부터 종일토록 눈을 대고 기다리던 삽작거리, 이제는 눈 속에 묻혀버리고 반가

워 쫓아나갈 처마 밑 댓돌까지 눈이 쌓였다.

기다림의 무게를 못 이겨 우는 뒷산의 소나무 가지들 쩍쩍 꺾이
는 소리, 그 소리에 놀라 울부짖는 산짐승들, 내일은 우체부도 오지
않을 터 하루 종일 무엇을 먹고 사나, 그리움 쪽 사람들

당치 않은 꿈 2
-또 하나의 아내

나의 소원은, 매일 아침
아내가 짓는 따뜻한 밥 냄새에 일어나
머리맡에 정갈히 놓여 있는 맑은 속옷으로 갈아입는 것
식탁에 마주 앉아 도란도란 하루를 꺼내는 것
아내의 코디에 따라 빗금무늬 넥타이에
카키색 와이셔츠에 감색 양복을 입는 것
현관에 서서 물결 같은 아내의 눈동자에 잠시 빠졌다가
오른손으로 그 가녀린 허리를 감싸는 것
촉촉한 키스에 젖은 채 귓전에 감미로운 이국어(異國語)를 남기는 것
정확히 열두 시 오십오 분에
'맛있는 점심 드셨어요?' 하는 아내의 리듬이 밴 음성 메시지를 듣
는 것
E-메일을 열면, 소녀가
꽃비를 맞으며 '나는 네가 그리워' 하면서 그네를 타고 있는

아내가 보낸 연두색 예쁜 카드가 날마다 도착해 있는 것

그리움에 잠시 창밖 푸른 하늘로 내 눈길 보내는 것

해 질 녘 케니 지의 색소폰 연주가 잔잔히 내리는 레스토랑에서

붉은 와인 잔에 내 가슴을 빠뜨린 채

아내의 그 곱고 나지막한 목소리를 듣는 것

하늘엔 언제나 별 두 개 있는 밤, 손깍지를 꼭 끼고

돌아와 아내의 예쁜 입술에 내 몸 무너지는 것

나의 소원은, 날마다

이런 가당찮은 꿈을 꾸다가

어느 날 펑퍼짐한 아내에게 쫓겨나는 것

카테리니행 기차

기차는 언제나 같은 시간에 떠났다
썰렁한 광장엔 찬바람만 쏘다니고
술병이 넘어진 불 꺼진 포장마차 앞
외로운 가로등 하나 역무원처럼 서 있다

기적 소리도 힘겨워 산맥을 넘지 못하는지
날마다 같은 간격을 두고
적막한 밤하늘을 되돌아오곤 했다
그때마다 별빛이 쏟아졌고
내 가슴속에 눈물도 쏟아졌다

술병이 술을 담아두지 못하고
사랑이 겨울을 담아두지 못하는구나

차가운 나무 벤치에 앉은 그날의 언약
지워지지 않는 검은 눈동자
기차는 오늘도 떠났고
카테리니로 떠난 레지스탕스처럼
뜨거운 비밀만 밤새 가슴을 저미고 있다

그 해 가을

소포가 왔다
하늘 한 장이 들어 있었다
서운한 마음에 다시 한 번 들여다보니
하얀 구름 몇 장 기러기 몇 마리
호숫가에 화르르 날아오르던
나뭇잎 한 줌
함께 들어 있었다

바람이 숨어 살던
조붓한 오솔길, 간간이 소리 내 울던
키 큰 미루나무 가지들
그 등 뒤에 기대 나누었던
짧은 입맞춤
황홀한 적막까지

오늘
그 해 가을이 보낸 소포 하나를 받고
한참을 울었다
마른 눈물로

어머니

어머니 소학교 때
빛바랜 사진 한 장을 꺼내 봅니다
아이들은
우습다고 킥킥거리지만
저는 그저 좋기만 합니다
어머니 그 맑은 눈동자 어디에도
스물다섯에 홀로 아니 홀로된
외로움 없고
달빛이 왈칵 쏟아지던 밤
돌아누워 흘리시던 눈물 없습니다
촌티 머금은 단발머리에도
곱게 맨 하얀 옷고름에도
소록소록 고운 꿈이 배어 있을 뿐
마흔아홉에 훌쩍 나래를 접으신

어머니 그 막막한 슬픔 없습니다
다시 펴 보아도
언제나 그 모습 그대로인 어머니
별빛에 묻은 서러움보다 영롱한
지지 않는 꽃이십니다

매화

까칠한 가지에 꽃잎을 열었구나
하얀 눈물이 묻어
파르르 떨리는 꽃술이나
바람으로 일어나는 향기가 모두 아름답다

홀로이기에 더욱 목이 시리고
남보다 일찍 엄동을 밀고 나오느라
에고 또 엔 너의 가슴
땅속 깊은 너의 아픔을 알겠다마는

사람들이 올곧지 않아
추워 더욱 따뜻하던 겨울을 마다하고
일러 핀
너의 고고한 죄를 물을까 두렵다

정오의 풍경

심상찮다
골목 어귀에 서성이는
쨍쨍한 햇살과 부리부리한 그림자

더 이상 숨을 곳도 없어
창문을 열어젖힌 허탈과
그 허탈을 잡아끌고서
조금도 물러설 것 같지 않은
시퍼런 이상이

빨랫줄에 걸린 치렁치렁한 고요와
잠잠한 소란 사이를
숨죽이면 건너가는 저 팽팽한 긴장

툭 터지면

그냥 와르르 쏟아지고 말

오후의 운명인 것을

야경

밤은 언제나
나에게 공평하였다
낮에 받은 상처만큼 꼭 그만큼
가슴을 달구었다

세상이 나에게
이국어로 말을 걸어왔던
낮처럼
밤은 뜨겁게 통역하였다

불야성 같은 저 도시의 원경도
어둠에 대칭을 이루어
나를 위로하였다

이제 곧 식어가는 인두처럼
새벽이 올 테지만
나는 이 밤에
이 밤의 아름다움에 묻혀
세상에 대한 기소를 포기하였다

매포에 살던 숙에게

내 열다섯 가슴에도
어둠에 젖어드는 기찻길
덜컹거리는 차창으로 밀려드는
황량한 바람은 슬펐다

공책을 찢어 눌러 쓴 쪽지
봉화군 봉화면 도촌리 463번지
이름 석 자를 적어 허공으로 날린 그 날
네가 내게로 왔다

슬프거나 외롭거나 하는 따위의
사치스러운 말은 알지도 못해 보이는
젖은 수국마냥 단정하기만 하던
단발머리 소녀, 어머니가 싫어하던

기차는 날마다 그 길을 오갔지만
물속으로 잠긴 도담삼봉처럼
잊혀져버린 이름

오늘 저 희미한 온달산성의 물안개
바람처럼 춤추는 날
그대 혹시 평강공주 아니었는지
1970년 매포에 살던 숙에게 묻는다

당치 않은 꿈 3
-잠적

어느 산골에 가서
어느 이름 모를 산골에 가서
나는 알코올 중독자가 되고 싶다

아침에는 이슬 한 병
점심에는 막걸리 한 병
저녁에는 맥주 한 병
밤이 깊어지면 양주라도 한 병

다음 날 아침에는 영자를 불러다가
점심에는 숙이를 불러다가
또 저녁에는 옥이를 불러다가
밤이 늦으면 쏘냐를 불러다가
한바탕 질펀하게 놀아보고 싶다

마감 넘긴 원고도 없고
결재일 지난 독촉장도 없는
실수로 쏟아진 나의 치부도
코 꿰어 끌려가야 할 권력의 그림자도 없는
깊은 산골에 가서 마음껏 놀아보고 싶다

새벽 찬 바람에
행여 술이라도 깨면
세상으로 다시 기어 나올까
문 앞에 대문 앞에
구겨진 체면 하나 크게 세워둔 채
마음 놓고 살고 싶다

청평사

서 있는 것과
서 있는 듯이 보인다는 것이
무엇이 다른지 알아보기 위해
청평사 돌계단을 올라갔다

속을 알아버린 부처는
이미 오래전에
맨 위 단에 발을 올려놓아도
고운 문살이 보이지 않도록
가람을 돌려 앉혔다

할 수 없이 돌아서서
갈 길을 내려다보는데
마당가 장송 두 그루
빈손으로도 빳빳하게 서 있었다

오가는 사내들
가진 게 넘쳐나도
서 있는 듯만 보였다

아내의 옷장

　현관문 닫는 소리에 일어나 문 열린 아내의 옷장을 보았다. 낯익은 바지 한 장과 티셔츠 두 장, 낡은 재킷 하나가 눈에 들어왔다. 바람이 드나들기 좋도록 헐렁한 행거에 걸린 여유가 자랑처럼 쓸쓸했다. 젊은 날 아내의 희디흰 가슴에 어울리던 연두색 블라우스와 짧은 치마 한 장도 아직 그대로 있었고, 언제 샀는지 가물가물한 해묵은 정장 한 벌, 지난봄에 버린다고 하던 체크무늬 반코트도 아직 도도하게 구석 한 편에 버티고 있었다. 질긴 인연처럼 사랑 하나로 컴컴한 옷장을 지키고 있는 저 옷가지들, 아이들 졸업사진 속의 외투처럼 튼튼하게 막아선 탓일까, 세월이 자주 드나들지 못한 아내의 옷장은 나이를 먹지 않고 있었다.

공항 소묘

혼자이거든
저녁 어스름에 공항엘 나가보십시오
비록 아무도 반겨주지 않을 터이지만
너무 상심하지 마십시오
붉게 지는 저녁노을도 혼자입니다

고독한 활주로에 바람이 나부끼더라도
되도록 먼 거리에서 바라보십시오
이별의 금을 긋듯
반듯한 청사의 추녀 끝에도
어둠이 걸려 있을 것입니다

잡은 손을 놓지 못해
가슴에 어둠이 묻은 줄도 모르고

바삐 오가는 사람들
그러나 말 걸지 마십시오
그냥 스쳐가는 영화처럼 바라만 보십시오

혼자이기에 당신은
이 특권 같은 고즈넉한 풍경을
눈물 없이 보는 것입니다

하느님 전상서

　진홍빛 노을이 마음을 사로잡는 아름다운 저녁입니다. 바람조차 고운 하느님 솜씨인 줄 알고 있습니다만 왠지 눈시울이 젖어오는 건, 조금 전 시장 골목에서 나물 한 줌을 놓고 자꾸 제 옷자락을 잡던 남루한 할머니의 모습이 눈에 밟히기 때문입니다. 이제 곧 어둠이 올 터이고요 그림자보다 더 무거운 몸을 이끌고 어딘가 컴컴한 언덕길 작은 쪽방으로 스며들겠지요. 못다 판 나물이 별빛에 시들고 누런 냄비에 식은 밥이 코를 골아도 할머니는 푸념푸념 잇몸으로 삼키실 겁니다. 방 안 어디엔가 한때의 단란함이 묻은 사진 한 장 있을지 모르지만 오늘은 꺼내 보지 않으실 것이며 꼬깃꼬깃한 지폐 두 장과 동전 몇 닢을 꼭 쥐고 운명처럼 주무실 겁니다. 언젠가 돌아가 누울 목관보다 조금 더 큰 방 한 편에 비록 불은 들어오지 않더라도 제발이지 웬수 같은 아들이 버리고 간 네 살짜리 손주 녀석만은 없기를 간절히 바라면서 하느님, 저의 하느님, 혹시 오늘 저녁 몰래 제게 주시려던 복이 있다면 할머니의 머리맡에 두고 가

시기를 비옵나이다. 언제나 한기가 가장 먼저 드는 할머니의 쪽방
문에 내일 아침은 햇살이 먼저 들게 해주십시오.

이쁜 년

불알이 내려앉도록 매서운
북풍에도
꼼짝 않고 서 있더니

댓잎을 가르는
시린 눈보라에도
이 악물고 버티더니

기어코 살갗이 터져
밤새 울고불고 지랄을 하더니만
오늘 아침 살포시 벙근 매화꽃

산 밑에서

산은 그리운 절망
푸른 침묵이나
붉은 에로티시즘
하얀 순결성까지
이름 하나로 품고 사는
아득한 독선
나는, 오르기를 거부한다
한때나마 제압을 꿈꾸던
부끄러운 욕심 때문에

동학사 그 여자

대웅전 마당에
살포시 들어선 여자
갸름한 얼굴에 역광이 더 고운 여자
입가에 웃음이 걸리면
화르르 은행잎이 쏟아지는 여자
하얀 목덜미에 까만 재킷이
어울리는 여자
천사의 나팔소리를 닮은 여자
향기로운 여자
그 향기에 부처님도 잔기침을 하고
간간이 먼 하늘로 추녀 끝으로 돌담으로
그리곤 내 눈 속으로
돌아와 머무는 눈빛
그날 눈멀어

돌탑에 걸어둔 소원도
요사채 앞을 서성이는 허기도 버려둔 채
단풍은 구경도 못하고 버스에 올라탄 날
차창가에 앉아 전화를 꺼냈다
아뿔싸, 번호가 없다

우리 동네 봄은

오늘은 하늘이 슬픕니다
나뭇가지는 물이 오르는지 꿈틀대지만
쉬 새순을 내주지 않습니다
겨울은 가고 봄은 오지 않는
거리에 사별한 바람이 이는
어수룩한 저녁입니다

몇 해 전 지하철에서 만난
낯선 사람이 갑자기 보고 싶고
하나둘 불이 켜져가는 비탈진 마을의
라면 냄새가 허기를 더해오는
숨 막히는 작은 섬

곁에는 빈 걸음만 떠 있는

숨이 차 숨을 마시는 우리
텅 비어 너무 너른 소매 끝으로
노랫소리 스러집니다

저 아래 주목 그림자 빙빙 도는
뜰 너른 집에
오늘 아침 산수유 꽃눈을 떴다는데
허름한 종아리에 아직 소름이 돋는
우리 동네 해발 백 미터

봄이 올라오기 너무 가팔라
하늘도 슬픈지 추적추적
빗물을 흘립니다

단풍

오, 실수로 쏟아진 물감

계곡을 접어내는
오색의 데칼코마니

풀

내가 늘 걸어서 학교에 가고
또 그 길로 집으로 되돌아오던
좁은 길 양 섶으로는
언제나 수북한 풀들이 자라고 있었다
땅도 얼어 고무신 바닥으로 냉기가 돌던 겨울엔
지난가을에 누렇게 엎드린
잎들 위로 서리가 하얗게 앉아
은빛이 눈부신 신비한 아침을 만들기도 했다
붙어 있던 논배미에 얼음이 풀리고
조그만 가슴팍에 바람이 솔솔 드는 봄날엔
실없이 돌부리를 툭툭 차고 가다가
연두색 새싹을 발견하고는 쪼그리고 앉은 채
요리조리 만져보며 신기함에
넋을 잃고 있던 때도 있었다

그렇게 돋아나기 시작한 아직도 이름을 모를
그 풀은 언제나 나보다 먼저 쑥쑥 자라
여름이면 멀리서 오는 이장 어른 자전거를 피해
길섶에 붙어 설 때
내 종아리를 지나
허벅지를 살살 간질이기 일쑤였다
어느 날 다리 절고 말 더듬는 종한이 형이
촘촘한 싸리 다래끼에 양 섶의 풀들을 척척
베어 담는데 어찌나 단정히 깎아 나가는지
풀들조차 기뻐 생기에 넘치는 것 같기도 했다
어김없이 가을이 오고 그 길로 지나간 사람들이
던지고 간 온갖 생각에 눌려 누렇게 변한 머리 위로
하얀 서리를 이고 사는 그 길섶의 풀들
지금도 내게는 신비롭고 간지럽고 단정하고
은빛 눈부시기만 한데
아직도 그 풀, 이름은 모르고
왜 해마다 다시 돋아 자라는지도 모른다

기어이 가는 봄

얼굴이 예뻐서가 아니라
아직은 청순하고
어깨에 세월이 좀 묻어 있기는 하지만
볼수록 눈이 한 번 더 가는 매력이 있어
좋았다

행여 바람 불어
화사한 볼에 기미라도 끼일까
창문 열어두고 노심초사
지켜보았건만

내내 기다리던 편지는 오지 않고
뎅그러니 책상 위에 혼자 사는
전화기도 울지 않는 날

서러운 5월이 가는 마지막 날
불쑥 따라나서는 봄

잡을 수도 붙들 수도 없는 저 봄
새벽꿈처럼 스르르
손아귀를 빠져나가는 사랑
그래 한 번은 꼭 잡고 말거다

애간장

송천과 골지천이 만나고 있는
아우라지 강가에
머리가 희끗한 남자와
눈살이 예쁜 여자가 서 있다

건너편엔
사랑을 기다리다 지쳐
동상이 된 처녀가
시샘하듯 이쪽을 바라보고 있는 날

잡은 손 꼭 쥐며
우리 어디 가서 쉬었다 갈까
무슨 말씀을 턱도 없는 소리
서로가 입은 떨어지지 않고

장맛비만 오락가락 우산 속을 드나든다

동승

쉬파리 한 마리
엘리베이터를 탔다
거울 속의 낯선 남자를 빤히 쳐다본다
허름한 매무새에 핏기 없는 얼굴
승기를 느낀 듯 날개를 맹렬히 퍼덕인다
우—
이리저리 곡예비행을 하며 전의를 불태우더니
콧등까지 바짝 고공낙하로 위협을 가한다
밀폐된 전장엔 쫓는 자와 쫓기는 자만 있다
세상을 하찮게 본 것이 잘못이다
두 팔을 휘저으며 완강히 저항해보지만
쉬파리는 철저하게 병법대로 움직인다
일보후퇴 이보전진
즐기듯 몇 차례의 출격으로

적의 동선을 계산한 쉬파리
천장까지 날아올라가 머리 위를 빙빙 돈다
이제 마지막 일격으로 제압을 완료할 모양이다
겁에 질린 남자
치익― 엘리베이터 문이 열리자마자
와락 뛰쳐나갔다
덥석,
문을 막고 서 있던 여자 품에 안겼다
미물에 쫓겨 미인의 품에

무슨 일이었을까

 양수리 가을 햇살에 강변 들국화 수줍었다 너울은 춤을 추었다
산자락을 잡고 있다 바람 스렁스렁 옷을 벗고 하늘로 오르고 이따
금 적막한 중앙선 기적 소리 물살에 앉았다 입술이 젖어왔다 부드
러운 가슴 사이로 캄캄한 숨결이 밀려왔다 늪이 뜨겁게 흔들렸다
어깨를 감싸듯 다가오는 낮은 건반 소리에 깃털이 날리고 건너편
강 언덕에 나부끼던 억새꽃 하나 꺾였다 헤이즐넛 향이 슬프다 이
윽고 좋은 빛깔로 빚어진 석양이 그리움을 걷어갈 때쯤 아무 일도
없었다는 듯 마른 수초 사이를 헤엄쳐 나온 물오리 한 쌍 하늘로 날
아올랐다

여름 낙조

　백합조개의 하얀 속살이 방 안을 뜨겁게 쏘다니던 여름 오후 다섯 시 문을 열었다. 마당엔 푸른 물기가 시간의 궤적을 말려가고 젖은 바람이 굵은 모래 위에 거칠게 누웠다. 세상에 저리도 붉다니…… 무심코 쳐다본 서쪽 하늘에 붉은 물이 뚝뚝 떨어지고 검푸른 능선이 활활 타오르고 있다. 헉 하니 막힌 숨을 앞에 두고 오도 가도 못하는 날 나는 비린 바닷가의 저녁 풍경은 보지도 못하고 생애 처음으로 옷을 벗었다. 낯선 무지개 앞에서

새해에는

제일 먼저
그 사람 편지가 왔으면 좋겠습니다
색색의 연하장들 틈으로 조금은 구겨졌지만
볼펜으로 눌러쓴 비뚤비뚤한
손글씨가 보이는 하얀 봉투를
발견하고 싶습니다

전화로 소식을 듣고 싶지 않은 건 아니지만
혹 건조한 그의 목소리에
만에 하나 내 가슴에 불이라도 나면
짐짓 짧은 안부에도 대답조차 하지 못할까 두려워
그냥 편지가 좋습니다

그 흔한 이메일에 이솝체로 쓴

단정한 글이 싫다는 건 아니지만
자칫 아이콘에 관한 해석의 실수로 그의 마음이
내게 들어오지 못하면 어쩔까 하는 걱정에
아무래도 편지가 좋습니다

봉투를 뜯으면
그해 유난히 눈이 많이 왔었다는 이야기와
장작 난롯가에 오고 간 술잔의 이야기와
문틈으로 들려오는 옆방 아줌마의 노랫소리와
어깨에 기댄 한 여자의 숨소리와 따스한 볼에 관한
오래된 보고서가 깃발마냥 펄럭이고 있었으면 좋겠습니다
겨울바람에

그 집

문살이 나간 문을 열고 들어서면
이 안 맞아 문풍지에 바람이 따라 들어오는 집
방 안엔 오래된 옷장 하나와 낡은 책상 하나가
언제나 말없이 이야기를 나누는 집
행길 쪽으로 난 한지 창을 열면 저 멀리
말순네 집과 숙희네 집이 아득히 보이는 집
눈길로만 보낸 편지가 가득히 쌓여 있는 집
드러누우면 시멘트 포대로 바른 방바닥에 구멍이 나
마른 먼지가 풀풀 일어나는 집
천장도 없이 석가래 위에 발라둔 신문지에 빗물이 스며들어
까만 지도를 만드는 집, 날마다 미지의 신대륙을 꿈꾸는 집
찢어진 문구멍으로 저녁 햇살이 기어들면 안마당에서
"야들아 얼른 군불 때라" 하는 할머니의 목소리가 따뜻한 집
생솔과 썩은 등걸에 불을 붙여 아궁이에 밀어 넣으면

방 안 여기저기서 파아란 연기가 아물아물 피어오르는 집
연기를 타고 내 꿈이 하늘로 오르는 집
누가 "너희네 집 어디냐?"고 물으면
눈은 가고 손가락은 자꾸 뒤로 숨던 집
엄마한테 이 집 헐고 반듯한 새 집 한 채 짓자고
언제나 속 모르고 조르던 집, 그 집
그리운 내 고향집

동막리에서

물은 나갔다
다시는 받아들이지 않을 듯
자작자작 습기를 말려가는 갯벌 위로
갈매기 몇 마리
젖은 햇살을 물고 빙빙 돌고 있다

덜 닫힌 횟집 문을 밀고 나오는
푸른 눈의 미스터 스미스 씨
아직도 숯불 위에서 톡톡 튀는
조갯살 같이 하얀 영자 씨도
무엇인가 한 가지씩 잃어버린 듯
눈빛이 섧다

우수수, 거칠게 부서지는 바람 소리

그 소리를 듣지 못하는 깃발 없는 고깃배
하늘에도 하늘색이 없고
바다에도 바다색이 없는 동막리
허전하고 쓸쓸한 사연만
간판처럼 서 있는 여기, 내 왜 왔는지

아픈 날들만큼
모래밭에 발목을 묻고 서 있던
해송은 알고 있는 듯
방금
먼 수평선에서 건져 올린 진홍색 가을을
산자락에 흩뿌리고 있다

선운사 동백꽃

선운산은 만삭이다
아린 겨울 다 지나가도
반짝이는 윤기가 그대로인 치마폭 아래로
숨죽인 고요가 부산하다

일주문 앞 개울도 허리를 풀어
드나드는 발자국들 잦아지니
행여 순산이라도 놓칠까
법당 안 노스님의 독경 소리 빨라진다

대처 낯선 바람이 들었나
요사체 고운 보살님, 황급히
저녁 햇살을 주워들고 문을 닫는데
맑은 울음이다 추녀 끝 풍경이 몸을 흔들고

온 산자락이 출렁인다
붉은 이슬이 비친다

산문 밖 올라오던 봄밤이 안절부절이다

겨울 바닷가

그랬다. 늘 그곳은 남의 손이 닿아 있는 듯 낯설고 두려웠다.

쉼 없이 밀려오는 파도의 검은 속눈썹이나 그 눈에 들키지 않으려는 듯 솟구치다 추락하고 추락하다 다시 솟아오르는 갈매기의 음흉한 날갯짓도 무서웠다.

무량한 시간들이 수평선 위에 기억을 풀어놓고 손짓하면 손짓만큼 고개 저으면 저은 만큼 돌려주는 인색한 추억도 맘에 들지 않았다.

바위를 치는 바람, 바람을 깨부수는 바위 모두 다 빈 그물만 건진 채 추위에 표류하고 있는 저 작은 배에는 관심이 없고 황량한 하늘에서 쏟아져 내리는 붉은 저녁만 삼키려 하는 욕심이 싫었다.

조금 떨어진 저쪽, 모래밭에 발을 묻고 숲을 이룬 키 낮은 해송들

우리 집 뒤울 안에 잠든 어둠을 꺼내 오는 듯 적적함이 또 가슴을 쓸어내리게 하였다.

아무리 보아도 무섭고 두렵고 내키지 않는 이 겨울 바다가 왜 자꾸 나를 불러내는 것이며 나는 왜 그 두려움에 마음 뺏기는 것일까,

곰곰이 생각하며 오래 혼자 서 있는 겨울 바닷가, 나를 닮아 있었다.

김 씨는 죽었다

한때의 화려한 과거는
언제나 오늘의 무거운 일상이다
빨간 불이 들어온 횡단보도를
손수레로 밀고 가는 저 어그적한 하루가
떨어질 듯 말 듯 매달린 파지와 철사 줄에
간들거리는 조바심으로 더욱 배고프다
23.5킬로그램 7,500원
쪽방에 걸린 어둠을 손금만큼 밝혀줄
현실의 가치다. 허리춤을 추스르고
양은 냄비에 라면 물을 얹으면
고층 빌딩에
비까번쩍하던 책상 위에 떵떵거리던
그날의 호통이 일렁인다. 물이 끓는다
푸른 보리밭에 가득 밀려 들어오는 바다가

구석에 웅크린 텔레비전에 얼굴을 내민다
그런 날이 있었지
싱싱한 두레박질로 저 바다보다 큰
고래를 건져 올릴 때가 있었지
양철 조각을 주워 담다 찢어진 손등에
아직도 피가 난다
불을 끈다. 이제 김 씨는 죽었고
그 김 씨가 모르는 또 다른 김 씨가
남의 잠을 청하고 있을 뿐이다

북한강에 가 볼 일

혹시
아직도 만나지 못한 사람 있다면
지금 북한강에 가 볼 일이다
혼자여도 좋겠지만
꼭 가을은 데리고 가는 것이 좋을 듯싶다
왜냐하면 해 기운 강물 위에 바람이 허물을 벗어도
기적에 상심한 지 오랜 경원선 열차가 지나가도
가을은 전혀 내색하지 않을 것이기 때문이다
조금은 빛바랜 잔디나 그 위에 숨을 얹은 나뭇잎들
그리고 먼 산만 바라보는 갈대조차도
가을과는 안면이 없을 것이기 때문이다
모두가 남남인 풍경과 남남인 사람들
그러면 거기 또 한 사람 쓸쓸히
찻잔에 남빛을 타며 당신을 기다리고 있을지 모른다

그도 가을만 데리고 왔을 터이니
덥석 가슴을 끌어안은들
부끄러울 게 무엇인가

소나기

적막을 깨고 치솟는 예광탄
숨 막히는 공습경보
새까맣게 몰려오는
적기의 군단
허겁지겁 활주로를 치우고
돌아서는데
우 두 두 두 둑
오 잔인무도한 가미가재 특공대

어느 봄날의 꿈

라일락 향이
창을 기웃거리는 날이면
한 통의 편지를 받고 싶다

낯선 이름을 달아도 좋다
아니 이름이 없어도 좋다
열어보면 그저 뜨거운 눈물이 솟는
속절없는 사랑이었으면 좋겠다

낮에 보아도 달빛이 서리고
밤에 읽어도 어둠이 빛나는
고적한 상상이 겨울 해보다 긴
촉촉한 그리움 묻어 있었으면 좋겠다

유리창 가득
빗물 같은 기다림이 잠긴 커피숍에서
하루 종일
누군가를 바라볼 수 있는 지독한 희망이
희망이 아닌
또박또박 작은 글씨로 쓰여진
분홍색 얇은 편지였으면 좋겠다

만취

눈이 부시다
백척 부처의 가슴도 뜨겁다
어느 목숨이 저리도 붉게 타
온 산에 누웠느냐

설령 황홀한 이별이 있어
진홍의 눈물을 뿌린다 해도
어찌 이끼 낀 산사의 지붕마저도
감추려 하느냐

돌 틈에 솟는 샘물도
풍경을 흔드는 바람마저도
색색의 물이 들고
고목의 주름진 이마도

나이답지 않은 천연색이다

젖은 마음이나 한 장 말려볼까하고
보광사에 올랐건만
햇살도 넋을 잃은 붉은 치마폭에
말도 꺼내지 못한 채
술잔만 엎지르고 내려간다

자연사 박물관

죽어 있었다
검은색 가장자리엔 몇 가닥
하얀 빗금을 치고
가운데엔 크고 작은 둥근 동그라미를
서로 색도를 달리하며 화려하게 배치한
그 화려한 날개를 활짝 펴
가느다란 더듬이까지
섬뜩하리 만치 완벽한 대칭을 이루며
폐부 깊숙이 바늘을 꽂은 채
죽어 있었다
「호랑나비, 1994년 여름, 지리산, 김채섭」
사인을 감추려는 듯
투명하게 포장된 유리상자 속에는
얼마치의 꽃향기가 들어 있었고

그와 함께 날아다니고 뛰어다니던
여치, 베짱이, 장수하늘소, 풍뎅이, 무당벌레
모두 목숨을 접은 채, 각자
할 말이 많은 유리상자 하나씩을 지키고 있었다
어디 하늘 냄새라도 나면 금방 뛰쳐나갈 듯
그 고통스러운 시간을 긴장된 평화에 숨긴 채
모두 죽어 있었다
아무리 보아도 온통 의문사(疑問死) 투성이인
자연사 박물관에

살해의 기쁨

목을 딴다는 것
그게 그리 쉬운 일이 아니다

할아버지 제삿날
기우는 햇살을 피해 도망가던
닭 한 마리를 붙잡아
퍼덕거리는 날개를 짓누르며 목을 비틀던
어머니, 응달에 얼어붙은 잔설만큼이나
우리 집 무거운 짐을 지고 사시던 어머니도
그 한 목을 따는 데 몇 각을 보내셨다

잔칫날 동네 장정들이 모여
모닥불을 피워놓고 도끼를 갈던 그 논바닥
맞아도 아프지 않을 듯 피둥피둥 살찐

요크셔 한 마리를 잡는 데도
죽이려는 자와 죽지 않으려는 자 사이에 한바탕
피 튀기는 전쟁이 일어나곤 했다

하물며 이 도심에 그것도 백주 대낮에
수많은 사람들이 활보하는 거리에서
목을 댕강댕강 치다가 모자라
팔을 자르고 하체를 분질러버리는
저 섬뜩한 만행이 기쁨처럼 저질러지다니

쇼 윈도우 앞에서

꽃밭에 사는
-결혼에 붙여

나는
당신의 연분홍 꽃잎을
소롯이 받쳐 든 꽃받침입니다
하늘에서나 땅에서나
정갈한 숨을 실어 나르는 길목에서
당신의 따뜻한 체온을 지키는
작은 우주입니다
봄밤, 바람이 당신의 입술을 스쳐
달빛에 향기라도 묻으면 그만
가슴이 척 내려앉는
외로움의 창고이기도 합니다

당신은
푸른 나의 꽃받침에서 꿈을 꾸는

아름다운 꽃잎입니다
날마다 예쁜 꽃술을 흔들며
나에게만 이야기하는
하나뿐인 나의 별입니다
소낙비가 고운 얼굴을 후려치고
따가운 햇살로 훼방을 놓아도
언제나 나에게만 의지하고 기대서는
그리움의 피난처입니다

보지 않을 것과
듣지 않을 소리를 나눌 줄 알며
침묵과 기다림의 의미를
가슴에 포갤 줄 아는 우리는
세상 사람들의 꽃입니다
봄 여름 가을 가고 하얀 무서리가 내려도
신비로운 꽃잎을 피우는
순결한 사랑입니다
꽃밭에 사는 우리는

그리하여도 될 것이다

아직은 구름을 이고 서 있는 비 갠 일요일 아침의 적막한 가로수들 혼잣말처럼 내뱉는 쓸쓸함이나 그 쓸쓸함 옆을 떠나지 못하는 늦은 구월의 풍경들 조붓한 가슴을 흔들고 들어오면 흔들려도 될 것이다

코스모스 가녀린 허리에 치마를 벗듯 흘러내리는 바람이 바닥을 쓸며 버즘나무 가지에 솟아올라 비밀처럼 묻어둔 순정을 끄집어내거나 수없이 풀었다가 다시 짜 맞추어 이제 겨우 단정한 매무새로 아물어드는 마음 온통 휘저으려 든다면 그대로 내맡겨두어도 될 것이다

어차피 한번은 무너지고 말 가을이려니 회색 판화로 머물고 있는 먼 산에 눈빛을 기댄 저어새나 지난여름 내내 마당가에서 비를 맞고 서 있던 저 라일락 모두 태어나 입 한 번 떼지 못한 그 속말 온몸

을 실핏줄처럼 타고 돌다가 캄캄한 밤 젖은 꿈속에서야 툭 터져버린
그 말 오늘 목청껏 소리치고 싶다면 그 또한 그리하여도 될 것이다

　다만 사랑한다든가 보고 싶다든가 그립다든가 하는 한 번도 들어
보지 못한 생소한 언어에 눈멀게 하지만 않는다면 말이다

열두 개울

동두천 조금 지나 초성리에서 오른쪽으로 굽어들면 열두 개울이 있습니다. 온 산에 눈이 가득한 날 찾아가면 더욱 운치 있고 자동차에 기름이라도 달랑달랑하면 더 제 맛입니다.

초입의 구멍가게를 지나 오른쪽에 있는 군부대를 보면 위병들이 서 있는데 꼭 누구네 아버지 옛적 모습 같습니다. 아직 군기가 들어 뵈는 자세는 해가 져도 잘 보입니다. 흰 눈 때문만은 아닙니다.

열두 개울이라 해서 개울만 세지 마십시오. 지금은 다리를 놓아 셈하기 힘들 뿐 아니라 이렇게 눈이 많이 쌓인 날이면 더욱 숫자는 희미해집니다. 그저 하얀 산만 바라보면서 올라가십시오.

건너편 산자락이 좀 가팔라 보이고 큰 나뭇가지에서 눈꽃이 떨어지기라도 하면 아쉬워 말고 숨을 조금 고르십시오. 오른쪽 언덕 어디쯤 허름한 오두막이 하나 있을 것입니다.

장작 타는 냄새가 나고 아저씨 사투리에 경상도 쪽 가락이 배어 있으면 맞습니다. 쉬어도 좋을 곳입니다. 쪽문을 열고 뒤로 나가면 하얀 눈 마당이 있는데 드러눕고 깡충거려도 화를 내지 않습니다.

초막 구석에 만들어놓은 온돌 위에 둘러앉아 막걸리 잔에 도토리묵 안주라도 있으면 시끌벅적한 세상 이야기도 괜찮습니다. 고만고만한 부부끼리 왔다면 흠뻑 취해도 좋습니다.

덤으로 막걸리 반 되를 더 내어주는 아주머니와 장작 불 옆에서 졸고 있는 강아지가 이리 푸근하기만 한 것은 여러분이 남보다 가난하기 때문이 결코 아닙니다. 마음 상할 필요 없습니다.

그저 가진 것 없어 지지고 볶고 살면서도 마음만은 넉넉한 사람들이 일 년에 한 번 큰맘 먹고 만난 날, 이 깊은 산속 열두 개울을 찾아준 호사에 하느님이 기뻐 주신 평화일 뿐입니다

봄비 그의 이름 같은

저렇게
가슴이 부푼 가지 사이로
촘촘히 내리던 봄비가 있었다
젖은 온돌방 아랫목에서 이불깃을 끌어안고
속으로만 그의 이름을 쓰던……
우산을 쓴 사람이나 그렇지 않은 사람이나
분주함이란 찾아볼 수 없는
단발머리 같은 봄비가

어차피 당도하지 않을 가슴앓이가
강을 이루고
증류된 생각들이 향기도 없이 빗물에 젖는
알 수 없는 그리움이 있었다
며칠 지나면 으레 새싹이 움트고

주책없이 여기저기 철쭉이 몸을 풀던
그 봄

오늘
창밖 가로수 키가 자라
전깃줄에 매인 물방울에 입 맞추며
간간이 나누는 얘기가 봄비일 성싶다
아직도 분주함이 없기는 마찬가지이겠지만
이 비 지나도
내겐 언제나 새순이 움트지 않던
말라버린 가슴에
이제와 뿌려질 그의 이름 같은……

여름의 허상

여름엔
우산을 준비하지 마십시오
어쩌다 시커먼 먹구름이 용틀임을 치며
머리 위를 맴돌아도 두려워 마십시오
그렇다고 햇빛이 쨍쨍한 정오에
가로수 그림자 징검다리를 만드는 하늘 또한
너무 믿지는 마십시오
알 수 없는 허상일 뿐입니다

그러다
성질 더러운 사내처럼 포악한 빗줄기가 내리 쏟아져도
흔들리거나 피하지 마십시오
당신은 누구에겐가 선택된 사람, 오히려
꿋꿋하게 그 짜릿한 절망을 즐기십시오

가급적 오래 축축한 물기를 경험하십시오
금방 말라버릴 가슴
그러나 아쉬워 마십시오

어차피
사랑은 그렇듯 무자비하게 당도하였다가
비갠 뒤 혼자 든 우산처럼
겸연쩍게 사라지는 것이거늘
여름엔 우산을 준비하지 마십시오

외로움을 훔치다

　본시 그리 할 마음은 아니었으나 그날 밤 남한강 달빛 하도 곱고
그 사람 눈동자 하도 맑아 혹시 지나던 바람이라도 빠지면 헤어나
지 못할 것 같아, 늦은 밤을 지키듯 부엉새 울음소리 가끔 강물 위
에 일렁거리고 저 멀리 갈잎에 숨어든 하얀 어둠이 썩 스산하여,
그리고 무엇보다도 간간이 적막이 묻은 숨소리 오갈 때 봉긋이 솟
은 조약돌이나 석류 속보다 말간 그의 가슴이 새벽이면 쏟아져 내
릴 찬 서리 견딜 수 없을 것 같아 살짝 입술을 덮어준다는 것이 그
만……

임진강

심상치 않기는 하였지만
눈발이 서룸서룸 흩날리는 저녁
멀리 낮은 산들을 불러놓고
술잔을 건네는 것이

하룻밤을 붙잡으려는 듯
뜨겁게 지피는 군불이나
강가에 군데군데 세워둔 전봇대에
희미하게 불을 밝히는 것이

설마 이 얼굴에
오십 평생 한 번도 유혹을 받아본 적이 없는
왜소한 체구의 이 남자에게
무슨 일이 있을까 하였는데

사름사름 얼굴이 달아오르자
엷은 치마폭을 벌리고
밤바다를 불러들이는 것이
기어이 나를 잡아먹을 생각이었다니

비둘기 나는 뜻

삶은 기구하다
배부른 비둘기 광장에서 날아와
송내역 스크린도어 위에 앉았다

입에 풀칠이라도 하기 위해
식솔들을 거느리고
도심으로 이주한 지 십여 년

주는 밥 흘린 밥
눈물 섞인 찌꺼기도
기꺼이 삼켜가며 버티었지만

서풍이 꽃잎을 쓸고 가는 오늘
빗방울 간간이 뿌리는 하늘 아래

아직도 내 집이 없다

저녁 바다

해 질 녘에 바라보는
갈대숲은
미운 그리움이다

바람이 흔들고 가는
상스러운 눈빛은
혼자 감당하기엔 너무 가혹한
지친 가을이다

기온이 조금씩 하강하듯
기억이 차츰 희미해지면
가슴속
견디다 못한 불씨 하나 일어나
화락 수평선에 불을 지르고

놀란 기러기 떼
서쪽 바다를 휘젓고
어디론가 떠나고 나면

캄캄한 밤에
홀로 버려진 밤에
마른 살 스치는 소리만 스걱스걱
오, 잔인한 외로움이다

직립의 꿈

줄기차게 하늘로 치솟는
너의 꿈은 무엇이냐
하얀 뼈를 곧추세우며
끝없이 밀어 올리는 너의 시도는 무엇이냐
지표를 뚫고 둥근 철관을 지나
도도하게 뻗어 올라가는 너의 의지가
불과 5미터 상공에서 번번이 꺾여버리는 것을
그 무모함을 비웃기라도 하듯
바람마저 너의 몸을 포말로 부수며
무지개를 그리는데
그래도 멈추지 못할 꿈이 있더란 말이냐

늦가을 정오
해남군청 앞 분수대 옆에서

직립의 꿈을 찾다가
말 못할 신열만 가슴 가득 안고
돌아섰다

청간정의 일출

밤새 진통을 거듭하던 바다가
가늘게 숨을 고르고
해무가 낮게 춤을 추면서
엷은 비단을 풀어 놓는다

수평선 가득 팽팽한 긴장이 일더니
갈매기 서툰 입질에 그만 툭, 터진 바다
눈부신 불덩이 하나 받아내고
온통 선혈이 낭자하다

낙산사

6월 낙산사에는 가지 말 일이다
의상대 앞바다에 가는 비라도 뿌리면
먼 고깃배들 바라보는
해동관음보살 시름이 너무 크다

조심조심 접어 내려간 홍련암 뜨락에
붉은 눈물 뚝뚝 지는 해당화 몇 송이
아직 그대로 남아 있다면
차마 걸음 돌려놓기 힘들 것이다

군데군데 댓잎에 물방울이 맺히고
바람이라도 따라와
헌 가슴에 숨긴
부끄러움 다 내어놓으라 하면

아무 말 말고 그렇게 할 일이다

괜히 이리저리 핑계 대다
연못 위에 둥둥 떠다니는
외로운 독경 소리 피해
원통보전 앞마당에라도 들어서면
정말 큰일이다

돌탑을 비껴 앉은 보리수나무
이슬비에 고개 숙인 채
촉촉이 내뿜는 그 짙은 향기에 빠져
영영 돌아오지 못한 사람
한둘이 아니다

우중일기(雨中日記)

구봉도 앞바다에 배 한 척 떠 있다
주룩주룩 하늘을 가르는 빗줄기에
가라앉지도 못하고 뜨지도 못하고
시름만 풍랑처럼 펄럭인다

건너편 뭍에는 나이 든 소나무가
카페의 처마에 붙들려
왜소한 풍경을 만들며
데칼코마니처럼 마주 보고 서 있다

서로가 서로를 바라보며
그 관행화된 부자유에
나지막이 동정의 눈길을 보내고 있지만
뭍이나 바다나

속이 허전하기는 마찬가지다

마치, 오래된 기억을 밟고 서 있는 사람이나
오래 기억되기를 바라며 서 있는 사람
모두 다 그리움의 크기는
마찬가지이듯 말이다

다만, 이 젖은 풍경에
우산을 받치고 함께 서 있는
한 남자와 한 여자의 속마음만
애타게 다를 뿐이다

신은 공평하시다

아브라함은 이삭을 낳았고
이삭은 야곱을 야곱은 유다와 그의 형제를
낳았으며……

낳고 또 낳고 김 아무개를 낳았으며
그 아들 김철수가 오늘 신도림역 계단에 쪼그리고 엎드려
성경을 쓴다

무릇 있는 자는 받아 넉넉하게 되되
없는 자는 그 있는 것도 빼앗기리라
-마태복음 13장 12절

머리맡에 놓인 이 빠진 사기그릇에
가득 담긴 달랑 동전 두 닢

비움의 미덕이런가
미동도 없이 또박또박 써내려가는
그의 손끝에는 속도가 없다
느림의 미학인가
헤진 옷자락 사이로 붉은 가을바람이
쉼표처럼 드나드는 저녁

신은 공평하시다
차가운 돌계단에 엎드린 그에게도
문학과 철학과
경제학의 여유를 선사하다니

남루한 눈빛을 들지 못해
겨우 오가는 이의 뒤꿈치에
애절한 오후를 간청하는
그는 진정 행복한가?
이 더러운 세상에 사는 김철수가 말이다

양지마을

누추한 골목을 때 묻은 전선들이
힘겹게 받치고 있어도
오후의 아이들은 해맑다

손수레가 겨우 올라가는 언덕길
거우듬하게 비치는 그림자가
경사를 낮추어주는
서로가 있어 서로 행복한 동네

퀴퀴한 곰팡이들이나
여기저기 부서진 담벼락들
더러 빈집의 공허한 무채색들조차
아이들에겐 즐거운 놀이터다

'여기 오래 살면 추억이 남을 것 같아요'
친구들과 놀던 그리운 추억,
꿈 많은 열두 살 지예가 사는
서울의 음지 같은 양지마을이다

부처가 아닌 것이다

　관악산 불성사 오르는 길에 죽어 가는 소나무 하나 서 있다 지금
은 두 어깨에 팽팽한 한 전깃줄을 걸고 있는 전신주가 되었지만 누
대를 이어온 태생은 원래 오가는 사람들의 길이나 안내해주고 더러
저 아래 속세에서 묻어오는 먼지나 털어주곤 하던 터였다 운명이
바뀌던 날, 그의 목에 까맣게 빛나는 전깃줄을 걸어줄 때만 하여도
자신이 마치 캄캄한 불성사에 환한 불심이라도 밝히는 양 좋기만
하였다 오가는 스님들도 몸을 던진 그의 공양에 등을 어루만져 주
었고 옆에 있는 상수리나무도 부러운 듯 그의 앞에선 가지를 내리
기 일쑤였다 비바람 눈보라가 긴 긴 전깃줄을 타고 눌러도 힘들고
아픈 줄을 몰랐다 그 고행의 끝에 올 피안의 세계가 부처의 세계요
저 수많은 중생들의 업보를 대신 진다고 생각하니 어느덧 그가 곧
부처였다 그러나 그 길목의 세월도 흘러 소나무 자라면서 팽팽하던
전깃줄이 서서히 목을 파고들더니 이제는 식도까지 짓눌러 물을 삼
키기 어렵다 탄탄하던 피부는 시커멓게 부풀어 진이 흐른 지 오래

고 가지도 비비 틀리면서 청청하던 솔잎도 발갛게 타 들어가고 있
다 밤마다 아픔은 더해 어제는 지나가던 바람을 불러 엉엉 울어도
보았지만 대웅전 앞마당 불빛만 환할 뿐 절집조차 조용하였다 오늘
도 지나가는 손에게 나는 부처가 아니라고 이 전깃줄 좀 풀어달라
고 소리쳐 보지만 죄 많은 중생이 알아들을 리 없고 한때의 영화에
샘이 난 상수리나무 쳐다볼 리 없다

가을 칠장사

칠장사의 가을은 묵언 중이다

법당 한쪽에 들어앉은
동종도 고개를 숙이고 있고
처마 끝에 매달린 목어도
눈을 감고 있다

동자승이 빗질을 한 듯
하늘은 칠현산 가장자리에
구름을 밀어놓은 채
쪽빛을 풀고 있고

선방 댓돌 위에 가지런히 놓인
고무신 한 켤레 위에는

햇살도 시간도 멎어 있다

나한전 앞에 촛불을 켜고
엎드려 두 손을 모은 불자도
고욤나무 아래 허리를 굽힌 채
부처의 말씀을 줍고 있는 중생도
모두 말은 없고 고요한데

해소국사가 대숲에 새겨놓은 법어만
대웅전 마당으로 내려와
들릴 듯 말 듯 풍경을 흔들고 있다

광화문 비둘기

　광화문 비둘기는 날개가 크다 자회색의 윤기가 조르르 흐르는 깃털은 겉으로만 보아도 범상한 집안이 아니다. 지나가던 아이들이 과자를 던져주어도 격에 맞지 않는 듯 힐끔거리기만 할 뿐 영 관심이 없다. 더욱 못 참을 일은 내가 쫓아가 잡으려 해도 요리조리 자리만 옮길 뿐 도무지 상대를 해주지 않는 것이다. 가끔 사직동이나 효자동 쪽에서 몇 마리가 더 날아오면 분수대 옆에 모여 앉아 고개를 분주히 돌려가며 무슨 얘기인가 열심히 주고받는다. 그러다가 비밀스럽게 뭔가를 맛있게 나눠 먹곤 한다. 더러 서대문 쪽 비탈진 바람을 타고 등이 왜소한 비둘기 몇 마리가 날아와 동석이라도 하려는 듯 기웃거리지만 광화문 비둘기는 그 큰 날개를 퍼덕이며 근엄한 자세로 물리치곤 한다. 그래서 그런지 광화문 비둘기는 날개만 크지 세상은 좁다. 더욱 걱정되는 것은 그 윤기 나는 자회색의 날갯죽지 밑으로 매연이 차곡차곡 쌓이고 있는 것이다. 아무리 보아도 그리 오래 살지 못할 것 같은 광화문 비둘기는 오늘도 무엇엔가 눈이 멀어 세상 멀리 아름다운 자태를 뽐내지 못하고 청기와 집 가까운 광화문에만 바짝 붙어산다.

당치 않은 꿈 4
-실수

멋모르고 내디딘 가을날
실수를 했다
시리도록 푸른 하늘을 보고
그대 눈동자처럼 맑다고 하자
함박웃음을 지었다
강물이야 으레 흘러 흘러 바다로 가는 법
저 은빛 물살 위에 돛배 하나 띄워
우리 오래 머물자 했더니
살포시 내 손을 잡았다
붉게 물든 먼 산 단풍을 바라보며
그대 가슴을 접어낸 듯 눈부시다 했더니
와락 내게로 달려들었다
갈대가 하얗게 손을 흔들고
뉘엿뉘엿 커피가 식어갈 때쯤

바람이 차다 하자 입술이 촉촉이 젖어왔다
처음 본 능선에 노을이 내리고
강가에 등불이 하나둘 켜질 즈음
다시 못 올 내 남자라며 허리춤을 파고들었다
그날 이후 나는
집에 들어가질 못했다

가을비

숙희
영자
옥이처럼
흔한 이름이면서도
헤프지 않은

깊은 밤에
내리는 달빛처럼
혼자이면서도
외롭지 않은

공원 묘지의
붉은 장미처럼
슬퍼도

내색하지 않는
비가 내린다

아직 먼 기억 속에 남아 있는 그리움
측백나무 촘촘한 울 안에서 자라고
간혹 헛기침 소리 빗물에 젖는다

고 삼엽충 영전에

선생께서 가신 지도 어언 2억 5천만 년이 되었습니다
6억 년 전 이 땅에 미물이 생명을 얻기 시작할 때
선생께서는 처음으로 눈을 가지셨습니다
광막한 바다를 밝히고 질서를 바로잡고자 함이었을 것입니다
선생의 명성이 날로 높아지면서
온갖 미물들이 다투어 눈을 가지고자 하였습니다
그러나 빛은 곧 어둠인 것을
보이는 것과 보이지 않는 것을 구별하는 것이
얼마나 무모한 짓인가를 어찌 몰랐습니까?
선생의 바다에서 욕심에 찬 양서류가 상륙을 감행하고
파충류가 등장하면서 3억 년을 이어온 장대한 선생의 꿈은
사라지기 시작했습니다, 땅이 뒤틀리고
선생의 드넓은 바다는 육지가 되면서 다시 세상은
혼미해 졌습니다, 그로부터 2억 5천만 년

이 긴 세월의 끝자락을 잡고 있는 인간이란 미물 또한
아직도 눈을 가지고 있지만 보아도 볼 수 없고
보지 않아도 보이는 기능상실에 난감해 하고 있습니다
오늘 선생의 2억 5천만 년째 기일에 즈음하여
처음 눈을 가지신 선생의 초심을 헤아리며
밝은 곳과 어두운 곳을 아픈 곳과 시원한 곳을
두루 볼 수 있는 깨끗한 눈 하나를 얻고자
선생의 영전에 머리 숙여 비옵니다

곤줄박이의 생애

내가 오늘
이 누추한 식당의 환기창으로
날개를 파닥이는 이유가

위험을 무릅쓰고
창가에 놓여 있는 사발 속의
땅콩 반쪽을 입에 물고
급선회하는 이유가

더러는 주인아저씨가 던져주는 것을
잽싸게 낚아채는 묘기를 보이는 것도……

야성을 잃어버렸다거나
창공 입지의 뜻을 포기하였다거나

비열한 타협을 하였다거나
그런 따위로 욕하지 마라

너도 아직 이 엄동설한에
목숨이 살아 있다면 말이다

정으로 사는 세상

나는 외롭다

잠 안 오는 밤
막막한 달빛이 불러내는
마당에 서서
소리 없는 소리로
울음 없는 울음으로
그의 이름을 불러보았을 때나

하염없이 비 내리는 날
어긋난 문살을 잡고서
떨어지는 낙숫물을 바라보며
그 치렁치렁한 장단과
촉촉한 감촉에

그의 입술을 떠올렸을 때나

북풍이 가슴을 밀고 들어오는 날
꽁꽁 얼어붙은 연민과
그리움과 내 안의 한파와
한바탕 치열한 싸움 끝에 차지한
따뜻한 아랫목에서
그의 눈부신 살결을 생각하였을 때나
모두 외롭기는 마찬가지다

다만, 오늘 밤
여기 정으로 사는 세상에서 만난
너와 나 나와 너
마주 잡은 두 손이 너무 따뜻하여
잠시 잊고 살 뿐이다

술잔

입술을 다오
한때의 청춘이나
펄럭이던 이상이나 눈부신 정의는
비록 문을 닫았다마는
그래도 아직
질긴 사랑 하나 남아있거늘
그렇게 남남인 듯
모르는 듯
벌거벗은 침묵만 비워낸다고
봉숭아 꽃물 같은 인연 지워지겠느냐

지난날
내 숨을 멎게 하던
그 뜨거운 타액을

소용돌이치던 가슴을 이리 다오
다시 한 번
너의 출렁이는 자줏빛 호수에 빠져
혼절하고 싶다
치부를 가리고 있던
해묵은 어둠
활활 태워버리고 싶다

겨울 가로수

벗어버린 나무와
벗겨진 나무
벗은 듯이 보이는 나무가
한 줄로 서서 싸우고 있다

푸른 과거나
한때의 황금빛 찬란함은
이제 어디에도 없지만
마지막 남은 몇 잎을 붙잡고
놓지 않으려는 욕심
그 욕심을 끝내 못 이겨
바람에 찢겨 상처 난 가지들
우— 우— 소리치는데

일찍이 벗어버린 나무만
패전의 깃발을 달고도 자유롭다
가진 것이 없어 가장 먼저
하늘에 안긴다

김승동 소백산 자락에 있는 봉화에서 태어났고 영주에서 학교를 나왔다. 이근배 선생의 문하에서 시를 공부하였고 1998년 〈시대문학〉으로 등단하였다. 시집《아름다운 결핍》《외로움을 훔치다》《그리움 쪽 사람들》그리고 산문집《참 그리운 당신》과 칼럼집《사랑하면 보이는 것》등이 있으며,《연필 깎는 열아홉》《당치 않은 꿈》《보이는 것에 대하여》등 여러 권의 동인시집이 있다. 오랫동안 부천시청에서 공직에 몸담으며 부천국제판타스틱영화제(PIFAN), 부천국제만화축제(BICOF), 부천국제학생애니메이션페스티벌(PISAF)을 기획하였고 국제만화가대회(ICC) 사무국을 유치하는 등 지방 문화산업 육성에 핵심적인 역할을 하였다. 복사골문학회장, 부천시인협회장, 부천신인문학상 운영위원장, 부천시 문화예술위원 등을 역임하였으며, 현재는 수주문학상 운영위원, 경인예술포럼 대표, 경인예술신문사 회장을 맡고 있다. 가톨릭대학교 대학원 행정학과 박사과정을 수료하였으며, 정치에 입문하여 제5대 부천시의원(건설교통위원장 역임)을 지냈고, 경기도의원에 출마하기도 하였다.

카테리니행 기차

1판 1쇄 인쇄 2014년 1월 1일
1판 1쇄 발행 2014년 1월 8일

지은이 · 김승동
펴낸이 · 주연선

도서출판 은행나무
121-839 서울특별시 마포구 서교동 384 - 12
전화 · 02)3143-0651~3 | 팩스 · 02)3143 - 0654
등록번호 · 제10-1522호(1997. 12. 12)
www.ehbook.co.kr
ehbook@ehbook.co.kr

ISBN 978-89-5660-739-9 03810